KB071276

바람의 언덕에서

신승희 시집

바람의 언덕에서

詩는 사물의 어머니요.
내면의 세계, 존재의 바다이다.
그리고 삶의 바다에서 시는 또 하나, 나의 분신이다.

문학공감

시인의 말

詩는 사물의 어머니요.
내면의 세계, 존재의 바다이다.
그리고 삶의 바다에서 시는 또 하나, 나의 분신이다.
영혼의 이슬이 내릴 때마다 나는 시편을 만들었다.
사물적 관념을 통해 느끼고 깨달음이 있다면
또 하나의 나와 시의 날개를 펼치는 것이
일상이 되어 버린 지 이미 오래다.
하나의 계절이 지나고 또 하나의 계절이 바뀔 때마다
꽃잎 하나씩 물 위에 띄우는 느낌으로 시를 쓴다.
그럴 땐 심청 깊은 곳에 낙엽 한 장 같은 날이다.
세월은 인생을 물들이고,
한 편의 명시는 영혼을 물들이듯,
거스를 수 없는 자연의 순리 앞에 생은
허무의 이파리 같은 존재인지도 모른다.

그러나 예술의 가치관을 끊임없이 추구하며,
희로애락의 삶의 한 부분들을 모아
『바람의 언덕에서』 시 사랑에 담아본다.
잉태한 시들을 풀어놓고 시집을 출간하기까지
오랜 시간이 흘렀다.
나뭇잎 같은 시어들의 눈동자를 바라볼 때면
늘 하늘을 우러러 두 손 모으게 한다.
그리고 기존 관념을 떠나 저자의 그림 문인화 중에서
약간의 부분들을 시집 속에 넣어본다.
제2집을 내면서,
평설을 해주신 한석산 시인님께 감사드리며
오늘도 시로 해가 뜨고 시로 해가 진다.

– 아름다운 해변의 도시 진해루에 앉아

차례

2부

3부

4부

5부

무궁화 | 신승희 作

1부

바람의 언덕에서

살아가는 것은 다 바람이다
생을 사랑한다는 것은 바람 속을 걷는 일이다
벽을 타고 오르는 담쟁이로, 흔들리는 갈대의 몸짓으로
장대비 같은 폭우 속에서 휘적이는 날개의 젖은 모습으로
가끔은 태풍에 쓰러진 잣나무의 굽은 등으로
때로는 해일이 스쳐 간 잔해 위에 아이의 울음으로
비틀대는 바람 속의 숨 가쁜 걸음걸음들

한때, 모국어도 바람에 쓸려갔다 되돌아오지 않았든가
민초에서, 천하의 진시황도 떠난 것은 바람이다
심산유곡 산새로 지저귀는 것도
바위 틈새 해풍을 먹고 사는 것도
한 잎 출렁이는 이파리같이 인연의 물결 따라 밀려왔다
밀려간다.
우리 모두 냉정한 바람에 실려 가는 구름, 구름들이다

이래 스치고 저래 스치는 구름, 구름들
이래 스치고 저래 스치는 바람, 바람들

저 하얗게 질색하는 절벽 밑 바위를 봐라
멋지고 잘생긴 수석의 볼을 철썩, 때리고도
그것도 모자라 흰 거품을 물고 사방을 흩트리며
성난 용의 몸부림처럼 꿈틀대며 달려드는 파도
이 세상, 바람으로 생기는 일이다
우리 모두 바람 앞에 돌아가는 언덕에 풍차일 뿐이다

삶

폐지를 실은 리어카 한 대가 끙끙대며
가는 둥 마는 둥 오르막길 도로에서 얼쩡거리고 있다
빵! 빵빵! 그 빵빵대는 자동차 앞에서도
어눌한 동작은 비켜설 줄 모른다.
그는 굽을 대로 굽어서 상체가 없다
둔한 걸음과 하체만 보일 뿐,
백발은 엉성한 폐지에 기댄 채
도시의 매연과 소음을 담고
리어카에 상반신이 실려서 가고 있다

빌딩 모서리엔 상현 달빛 한 줄기
폐지 위에 앉아 굽은 등을 만지며
말없이 실려 간다
한 잎, 낙엽 같은 밤
하얀 입김마저 고독을 이고 배고픈 저녁
백발 걸음이 쇠사슬처럼 무겁다

저만치서 가슴깊이 파고드는 성당의 종소리
차고 어두운 도로 위에서 살기 위한 가쁜 숨소리
어쩜, 소리 없는 삶의 전투 현장일지도
황혼녘, 그의 마지막 텃밭일지도
아− 살아있으매…
당신의 굽은 등에서 모두의 등을 본다.

곰메바위 아리랑!

어둠 속에 전설은 더욱 선명하다
한줄기 영롱한 빛을 따라
전설은 서투른 날갯짓으로 초저녁
흘리는 달빛 아래 퍼덕이고 있다
눈길 닿는 저곳, 영혼마저 걸린 달빛으로 서서
그리워 저물지 못한 저 산마루 시루봉
오백 년 아리랑이 허공에 가슴을 푼다.
웅산 정상에서 흐느끼는 달빛
침묵은 무거워 흐느끼는 볼에 눕고
비련의 아천자, 전설에 감기운 채
희끄무레 스치는 작은 바람들
태어난 자리에서 우리는 누구인가
우뚝 솟은 시루봉이 소리치고 있다
아리랑, 아리랑 아라리요
밤하늘 곰메가 부르고 있다
조선이라는 태를 두르고 순종의 무병장수
명성황후 백일기도, 한 맺힌 역사가 전설 속에
흐느끼고 있다

곰메여
한마디 말도 없는 곰메여
웅산 정상에 묻힌 전설이여
외세의 말발굽에 짓밟혔던 아리랑이여
단 한 번, 흰 바람이라도 붙잡고
곰메의 가슴을, 풀어놓고 싶지 않은가
명성황후도, 비련의 아천자도, 할배 할매도
넋이 감겨 우는 거암 시루봉 곰메여
아리랑, 아리랑 아라리요
강물은 흐르고 있다
강물은 흘러도, 저 시리도록 푸른 별들
억만년 그 자리에 있었으리라
곰메여, 눈을 뜨고 말이다.

어머니의 강

어머니!
혹한 바람이 내 창을 두드리는 겨울밤엔
다문다문 잊었던 당신을 떠올리게 합니다.
지난밤 꿈속에서 당신을 만나
한없이 울었던 기억도 깨어나 보니
이유도 없이 그냥 슬퍼서입디다.
어찌 그리도 서럽던지

아직도 그 설움 채 가시지 않은지라
노인들의 소식을 접할 때마다
문풍지 유난히 울던, 그해 겨울을 잊지 못합니다
푸른 별빛 스며드는 시린 문살엔
한지의 설움이 노래하고
새끼 줄 묶은 누런 초가지붕 아래
장작불 지피고도 추울세라
겉치마 하나 훌훌 말아서
문지방 막아 놓으시던 어머니
그 빛바랜 치맛자락
새삼 눈앞에서 흘러내립니다.

어머니, 오늘 같은 추운 밤이면
부르기에도 목이 메어오는 당신
반딧불 같은 기억 저편
바느질로 지새우던 섣달의 긴긴밤
애야 바늘귀 좀 끼워다오
등잔불 밑에 희미한 당신
이토록 가슴 저미게 하십니까.

평소, 인생부상이다
내 손이 내 딸이구나
이것이 무얼 의미하는 건지 그땐 몰랐지만
살아갈수록 되새겨지는 깊은 영혼의 파장
굳이, 그 음성 귀 기울이지 않아도
시시때때로 파도처럼 밀려옵니다.

살 속 깊이 파고든 무심의 강
그 무심한 등쌀에 밀려 그 소녀 역시도
바늘귀 좀 끼워 달라 시던 당신처럼
어느새 그 자리를 바라보는 언덕에 섰습니다.
그 무심이란 세월 한 모퉁이를 돌아
이 제사 알 것 같다는 말을 할 무렵
이미 살 속 깊이 전이된 세월 덧없음을
어머니, 어머니 당신은
그때, 알고 계셨던 것입니다

비화(飛花)[*]

누가 너의 눈물을 아름답다고 했든가
거문고의 선율 같은 몸짓으로
신화의 선녀 같은 옷깃으로
무리 진 나비의 날갯짓으로
가는 곳 어딘지 몰라도 아름다운 작별
천 년이 흐른들 너의 마음 어찌 알랴

바람의 냉혹, 떨고 있는 숨결들
한가락 음률의 신음들을 누가 그리도 아름답다 했든가
허공에서 허공으로 어디로 가서 머물지 몰라도
싸늘한 흙 위에 싸락눈, 너의 이름은 비화(飛花)
숙명은 너를 내몰아 계절의 역사를 만들고
찬 서리 튼 살, 새의 발톱 자국
혹독한 긴 겨울 망울망울 잉태한 산고의 인내를
어찌 그리도 쉽게 보낼 수 있으랴

---

*비화(飛花): 바람에 흩어져 날리는 꽃잎

달무리 지는 저녁 담 파릇이 적시는 빗소리
분홍빛 연정 사월이 걷는 소리
오가는 행인들의 발걸음 소리, 노파의 기침 소리
애수의 잠기는 어느 시인의 미학적 선율
창백한 노을 앞에 식어가는 너의 뒷모습을
차마, 누가 꽃답다고 했든가
너의 이별의 몸부림까지도.

모정(母情)

고이 접어 당신께서 주신 모시 홑이불
막내딸, 시집보낼 때 주신 보물이라고
장롱 속 깊이 간직했건만……
세월이 얼마나 흘렀으면 접어둔 자리마다
새겨진 당신의 말씀, 성서처럼 일어설까

손수 짜신 당신의 모시 한 필
그 굵은 올의 모시 한 필에는 먼 산 부엉이 울음도
귀뚜라미 울음도, 낙엽 지는 소리도, 당신의 노랫가락도
베틀 소리도 담겨있어, 아끼고 아낀 것이
삭고 삭아 이토록 적실 줄이야

묵은 먼지 털어내고, 골 깊은 주름 다시 펴서
청옥빛 저 햇살에 헹궈내어도 보지만
그곳엔 따스한 온돌방이 있고, 호롱불이 있고
동백기름 바른 은비녀의 빛바랜 치마
산비탈 들국화 내음까지도 가득한 이 저녁
한 해 두 해 늘어나는 홀씨 같은 머리이고
백발 당신 앞에서 나무람을 듣습니다.

"자고로 여자는 살림을 잘해야 혀"
"시집가서 버릴망정 여자는 다 배워 가야 혀"
"그래야 시집가서 친정 부모 욕을 안 먹이는 겨"
모락모락 굴뚝의 연기같이 피어나는 말씀들
계절이 하나씩 바뀔 때마다 속담 같은 꽃잎으로
하나둘, 피면 시들고 시들면 핀다.

스마트 시대 좋은 이불들이 천지인데
창호지 문에도 어울리지 않을
삭아 흐늘거리는 이, 모시 홑이불 하나
진정, 버리지 못하는 나는
한 잎, 추풍낙엽 되면 모를까
올올이 묻어있는 당신의 모성애를
차마, 버리지 못하는 것입니다.

거리의 악사

어느 날의 폐 간이역 낡은 벤치 앞에는
집시의 탄식이 흐르고 있다.
그는 해무에 휩싸인 섬처럼 얼굴이 없다
베레모에 가린 채, 깊은 수염만이
소슬한 바람에 너울거릴 뿐,
악보는 영혼의 날개를 달고 허공을 메웠다.

가을비 스쳐 간 자리 거리의 악사
빗물 걷다간 창가, 아직 남은 눈물이 흐르고
애절히 녹여내는 음률은 놀 빛 몸 감은 갯가에
한 마리 백로를 보는 듯 지나가는 눈과 귀는
허공에 걸린 채, 뒤돌아보며 간다.

빛바랜 청바지, 가난한 무대
어디든 어느 곳이든 관중이 있고 없고
별빛 따라 흐르는 거리의 악사
이끼 덮인 골짜기 흐르는 물처럼
저 홀로 취해 부르는 고독한 거리에서
재생되는 음반은 가을비를 닮았다.

우수수 한 줌 바람이 야속타
간간이 빗소리는 흐느끼는데
외방을 떠도는 가난한 무대
빈 가슴 헤집듯, 파고드는 집시의 탄식
어느 날의 폐 간이역, 거리의 악사……

설화(雪花)

광설이 춤추는 긴 겨울
숨죽여 우는 설원의 땅 위에
허공을 외치는 작은 새는
하얀 미학의 노래를 부릅니다.

지난가을, 한 잎 두 잎 떨어지는 것이
낙엽 아닌 시간이라는 걸 알면서도
얼어붙은 빙하 붉은 입술의 동백을
나인 양 홀로이 바라봅니다.
그대 하얀 옷깃이 넓어
나목의 맨살을 에워싸며
언제까지 소복이 핀 순백의
설화(雪花)로 세상을 온통 하얗게
하시렵니까.

실어오고 실어가는 계절에
저 처마 끝, 고드름같이
언젠가 하나의 삶이 녹고 나면
설 눈 속, 복수초의 노란 미소로
피어날지…….

얼음장 밑으로 흐르는 물처럼 설화(雪花)

그 한 치 앞에서 나 또한

흐르고 있다는 덧없음을 알면서도

하얀 그대 앞에선 한없이 출렁이며

사슴처럼 뛰고 싶습니다.

꿈의 노래

우리는 하늘을 바라보며
세상은 그런 거라 달랜다.
험하고 거친 바다 만지며
인생의 아픔도 달래본다

이 계절 지나면 꽃이 피고
내 인생 햇살처럼 피겠지
너와 나 노트에 무엇을
무엇을 느낌으로 채울까

살아가는 가슴에
꿈 하나 슬픔 하나 없고서야
허공 속에 잠 못 드는 바람 같은 거

태양처럼 또, 살고 싶어서
이끼 덮인 담장에 기대 울고
바다같이 깊은 사랑 하고 싶어
한 마리 푸른 꿈의 새

가는 저 세월에 빛바래도
꿈의 노래 날개에 가득 달고
저 창공을 달구며 날아가는
뜨거운 태양의 새—

구두수선 부부

그는 여자다, 연초록빛 얼굴이다
수많은 행인이 오가는 진해중앙시장 입구
세상에서 가장 작은집 하나
나는 그곳 단골손님이다
서면 천장이 닿고, 옷깃만 스쳐도
떨어질 것 같은 옆에 있는 도구들
겨우 혼자만이 앉을 수 있는 공간
그기엔 언제나 해맑은 화초처럼
환한 미소로 무릎을 모으고
구두를 닦으며 수선하고 있다.

닳은 굽이 새로 태어나듯
세월도 수선할 수 있다면 좋으련만,
덜컹덜컹 매연이 뒤엉켜 내려앉는 아스팔트 위로
수선집 앞 버스정류장에서는 제각기 삶을 실어 나른다.
숨 막히는 도심의 시끌벅적 소음,
이 소음마저도 그들에겐 베토벤의 월광곡일지도
빌딩의 그림자 석양에 몸 뉠 때까지
구두 닦는 민얼굴의 여자, 보기 드문 여자

하늘이여!
둘이 앉을 수 없어 시린 혹한을 등에 업고
세월을 닦는 문밖의 한 사람, 포럼한 얼굴
꿈의 노래 흐르는 한 쌍의 비둘기 집
볼 시린 밤이 오면
한그루 가로수 벚나무에 기댄 채
그 아래 웅크린 비닐 작은집
누가 말하지 않아도 도심의 밤 가로등은
오늘도 환하게 구두수선 집을 지키고 있다.

백 년 약속

나는 당신을 사랑합니다.
오늘도 내일도, 그리고 그 내일도
당신의 손을 놓지 않을 것입니다.

나는 당신을 사랑합니다.
햇살 가득한 날이나 비구름 걷는 날이나
달밤이나 그믐밤이나, 별은 그 속에서도 반짝이고 있듯이
변함없이 나는 당신 곁에 있을 것입니다.

나는 당신을 사랑합니다.
지금의 젊음과 아름다움만을 사랑하는 것이 아니라
과거와 현재를 지나 먼 후일 백 년 강가에서
당신의 작은 꽃잎마저도 존중하며 사랑할 것입니다.

나는 당신을 사랑합니다.
이 순백의 웨딩드레스와 연미복을 입고
둘이 하나로 태어나는 이 순간 이날을
나는 매년 수첩에 기록하겠습니다.

좋은 날에 장밋빛 좋은 날에
청실홍실 꿈을 가득 실었습니다.
인연이란 하늘의 뜻이요 땅에 축복이니
감사의 절을 어찌 올리지 않을 수 있겠습니까

나는 당신을 사랑합니다.
마주 보는 눈동자 백 년 강가에서
오직, 소중한 나의 한 사람 손을 잡고
이 푸르른 풀밭, 한창이던 꽃잎을 새며
먼 훗날 억새꽃 필 때까지
당신과 영원히 함께 거닐 것입니다.

보리

나—
그대 결실 앞에
익어가는 법을 배우고 싶다
싱그럽게 스치는 신록의 바람을 껴안으며
그대 갈맷빛 가시 옷깃에
영롱한 눈물 한 방울로 녹아드는
촉촉이 안기는 이슬이고 싶다

눈부시게 다가오는 햇살 속에
출렁이는 가슴, 풀어놓고
유월의 뙤약볕 아래로 가서
순리를 따르는 향긋한 그대처럼
바람결 얼굴 부비며
누렇게 계절을 장식하는
들판의 그대를 닮고 싶다.

하얀 겨울 차가운 땅,
고독의 긴 어둠 속에서
잉태한 이 알알들이
한 알의 이삭으로 몸을 푸는
유월의 보리밭에서…

해무

호수 같은 그대
온화한 푸른 물결의 얼굴이여
찰싹이는 부드러운 숨소리여
소금 내음 휘감은 자욱함이여

심층, 깊은 곳
이 한 몸 뉘이고
눈먼 바닷새로 나 있거늘
너의 일렁이는 잘디잔 비늘 위에
젖은 날개 펼치어 떠 있게 하려무나.

햇살 휘감아 숨겨놓은
저 해무의 가슴팍 얼굴을 묻고
그대 청색의 비단으로 나를 싸서
바다 밑에 잠재운다 해도
너의 숨결 위에 출렁이며
한 마리 바닷새로 흐르고 싶다

2부

논개

한 조각 세월을 베었든가
빛바래지지 않는 꽃잎
살아, 살아서 휘도는 너의 혼불은
어두운 밤, 빛의 향연으로 흐르고 있구나.

푸르디푸른 남강(南江) 저 홀로 솟은 바위
그대 한 잎 꽃잎으로 가을 강에 피었구나.

낙화한 숨결, 한 폭의 치맛자락
그대 숭고한 넋이여
그대 붉은 눈물이여
죽어서 태어난 이름이여
죽어서 살아있는 논개여

저문 노을 아래 스치는 발자취는
은빛 물비늘로 일렁이는 것을
아, 서럽도록 노래하는 바람이여
이 세월 억만년, 두고 흐른다 해도
그 한 맺힌 설움, 어찌 잊힐 리야.

칡꽃이 필 때면 1

칡꽃이 필 때면
그곳에
가고 싶다.

서걱이는 이파리들
속삭임 들으며

칡넝쿨
어우러진 언덕길을 따라
벼 이삭 익어가는 가을!

그대
들풀 같은 어깨 위에
품속 깊이 스며드는
바람이 되고 싶다

칡꽃이 필 때면 2

풋 호박 익어가는 저녁 답
흙 내음 그윽한 소매 끝에는
당신의 호미질이 바쁘다
초저녁 산허리 걸린 눈썹달은
어느새 당신의 머리 위에도
옹기그릇에도 떠 있다.

흙 묻은 바구니에는
별이 되어 반짝이는 그립은 아들도
당신의 노랫가락도, 가을도 담지만
글썽이는 눈물은 차마 담지 못한다.

칡꽃처럼 피어나는 당신
어둠은 내려와 비탈밭에 눕고
억새는 억새대로 칡꽃은 칡꽃대로
뒤엉킨 군락 위에 흙 묻은 당신의 손

소슬한 바람 맴도는 저 언덕 모서리
칡꽃처럼 피어나는 모정의 당신,
그 내미는 굵은 마디의 손끝에는
망가 열매 꺾어 들고 붉게 서 있다

칡꽃이 필 때면 3

까치에게 가슴을 비워준 채
붉은 홍시 하나 졸고 있는 토담집 마당
감나무 사랑이 저녁 햇살에 풍요롭다
청국장 내음, 담장을 넘고
호롱불 처마 끝에 걸릴 때면
큰 뿔의 황소, 어둑한 저녁을 지고
뚜벅뚜벅 아래채 마구간을 들어간다.

올해는 비가 적당히 와서 농사도 풍년이다만
그놈의 산돼지 때문에 고구마 농사 다 망쳤구나.
밭두렁에 앉으시며 호미를 내려놓던 어머니!
흙 내음 그윽이 배인 치맛자락 동여매고 하루를 채운다.

산 그림자 내려오는 길섶의 언덕배기
길쭉이 고개 내밀며 보랏빛 등을 밝히던 칡꽃
종일 엎드린 어머님 등이 그때서야 일어서고
비탈길을 내려오시는 희끗한 머리 위엔
누런 호박, 하나 보름달로 떠 있다.

홍매화 그리고 휘파람 새

향기마저 저무는 이월 언덕에
흰 바람 등에 지고 울어대는 저 새는
이승에서 저승으로 저승에서 이승으로
얼마나 오갔으면 울음마저 저렇단 말가?

망울망울 저린 가슴, 붉은 입술
그 백 년 서러워 꽃잎은 지고
그 백 년 서러워 다시 피는데
그 서러운 넋은 어디에 있단 말가?

가지에서 가지로, 꽃잎에서 꽃잎으로
백 년 추풍아래 애달픈 사랑!
천년을 불러도 대답 없는 허공에
저리도록 앉아 불러대는 저— 새는
한숨으로 몰아쉬는 휘파람소리
깊고 깊은 골짜기 슬픈 전설로
저 소리 하나로 세상에 왔단 말가?

휘파람, 휘파람 휘파람새
휙휙 휘이익! 휙휙 휘이익!
일편단심 一片丹心 저―목맨 울음.
먼―옛날 옛적 슬픈 사랑의 전설
어느 젊은 도공의 한 맺힌 휘파람새,
그 도공의 백발이 무심하여라

장미의 노래

툭,

　툭,

툭,

떨어지는 꽃잎들 서러워라.

가시를 앞세우고 담장을 오르던

그 열정, 그 당당한 모습

그 위세 어디로 갔을까

잠시 소파에 앉았다 간

아침 햇살 등 뒤로

창 너머, 열정이 식어가고 있다.

한때는 온통

오월을 분칠하지 않았던가.

붉어서 뜨거웠던 사랑

뜨거워서 붉었던 사랑

그 이름, 계절의 여왕

눈부시도록 아름다운 이름 앞에

빗소리는 점점 굵어지고 있다

장대같이 쏟아지는 빗줄기
장미의 화장이 얼룩지고 있다
속살마저 꽃잎이런가
사랑도, 열정도, 가시마저도
빗방울에 짓기며 밟히고 있다
담장 아래 저- 담장 아래
혈흔처럼, 검붉게 흐르고 있다

삼포로 가는 길

새벽이슬 털며 계곡을 건너는 노루같이
산사에서 내려오는 여승의 젖은 발걸음같이
흰 바람 침묵하는 삼포로 가는 길목에서
소금 내음 마시며 푸시시 아침을 연다.

예로부터 아름다운 금수강산 고요한 아침
동방의 나라라고 했던가.
사시사철 수묵화 같은 한 폭의 바닷길
아늑한 해변의 도시 삼포로 가는 길

작은 포구 홀로이 안기는 바닷새의 자유
해풍으로 스케치하는 영혼 속에 자유
아름다운 작품들을 색칠하는 아침의 자유
오라는 사람 없어도 나는, 이미 이곳에 와있다

밀물 누웠다간 자리 그 모랫길
이름 모를 풀꽃마저 영혼이 자유로운 아침
피어있다는 것 살아 숨 쉰다는 것
걷고 있다는 것, 피어 있다는 것
삼포로 가는 길-

구불구불 해송 늘어선 휘어진 해안 길 따라
간간이 찰싹이는 숨소리 들으며
추억 묻은 노래비 앞을 지나가고 있다
나도 따라 삼포로 간다네, 삼포로 간다네.

바다로 간 강물은 돌아오지 않는다

둥지 떠난 새들은 집을 잃었을까
고적한 침묵의 숲엔, 홀로선 나목이 외롭다
보일 듯 보이지 않고 잡힐 듯 잡히지 않는 무형의 강
그 강물 속엔 너도 흐르고 나도 흐른다

어느 시인의 별 하나 그리움을 닮아가고
능소화 전설처럼 담 너머 바라보는 꽃이 되었을까
빈 배의 사공 하현 달빛으로 분칠한 얼굴을 씻어본다

밤을 이고 하루가 가고
하루를 지고 달이 가고
그달을 묶은 열두 달은
삼백육십 다섯 날을 쉬지 않고 실어 나른다
오늘도 내일도…

목이 쉬도록 우는 바람아
아래로만 흐르는 강물아
수없는 계절이 땅에 눕고
수없는 시간이 바다로 간 뒤
백 년 강가에 이르면
비로소, 뜨거운 강의 의미를……

청매화

꽃은 피어서 향기가 나고
사람은, 그 사람 말의 음색에 따라
향기가 난다

어제는 이월 찬비가 숙박하고 가드니
민얼굴의 청매화 흰 이마가 참, 예쁘다
망울진 품속을 비비며 기웃거리는
한 줌 바람은 향기를 날리고
까치는 가지를 흔들며
반가운 문자로 통신을 보낸다.

이 아침, 하늘도 민얼굴이다
나도 그대만큼이나 흰 이마로 서서
향기 나는 하루를 채우고 싶다

눈먼 새의 침묵

한 그릇의 밥보다
한 벌의 옷보다
한 잔, 술을 좋아했던 눈먼 새
빌딩 숲에서 별을 노래하고
소음 터지는 도심 한가운데서
논둑길 황소가 그립다고 울던 새
한 잔의 노래로 세상을 담고
두 잔이면 날개의 미소를 싣던 새

새여! 눈먼 새여!
소리쳐도 소리 없고
울어도 들리지 않는 무음의 울음
천상에서 지상까지
아니, 지상에서 천상까지
강물 아닌 강물 위에 묵언의 빈 배
어느 먼 행성에서 별똥별로 떨어져
나목의 시린 맨발 아래 숨죽이며
검은 밤, 흐르는 너의 갈색 곡조는
저 홀로 휘 닿는 빈 날갯짓

새여! 날개 아닌 날개여!
음표도 없는 빈 악보, 무형의 음반이여
오늘은 어느 별에서 또, 하나의 별이 되어
빌딩 숲이 아닌, 찬란한 은하를 노래하며
너털웃음 한 잔 타서 마시고 있는가.
빙벽을 타고 우는 퍼덕이는 바람으로
긴 겨울밤 푸른 별의 눈동자여!

詩의 풀밭에서 1

세월이 인생을 물들이듯
한 편의 명시는 영혼을 물들인다.
시를 베고 누워 달을 담고
시를 베고 누워 별을 담고
시를 베고 누워 월광곡을 담는다.

내 가슴 골짜기 바위틈에는
계곡 물소리, 맑디, 맑게 흐르고
별은 어둔 산 모서리에 모여 푸르게 노래하며
달은 노송 위에 앉아 쉬어가는 나그네인 것을

봄이면 풀꽃 위에 한 마리 나비도 되었다가
여름이면 별빛 아래 흐느끼는 풀벌레도 되었다가
가을이면 어스름 달빛 아래 귀뚜리 가슴도 되었다가
겨울이면 긴 밤, 창가에서 부엉부엉 울기도 한다.

詩의 풀밭에서 2

이슬로 버무린 아침상 앞에서도
시의 날개에 음표를 붙이는 것은
낭송가의 몫이다.

풋보리 같은 이삭들을
무치고 버무리고 맛을 내다보면
시간은 나를 지고 저만큼 가 있다

마시지 않아도 취하는 것은
시의 풀밭에 젖은 사람이다

바람은 초저녁을 지나 새벽을 불러와도
이슬을 털지 못하는 사람은
시의 풀밭에 취한 사람이다

노도

떨어진 솔 씨처럼 백파에 앉은 너는
서포에 고독을 베고 누운 침묵의 섬
노을은 부겐빌레아 물비늘에 떨어진다.

만중의 번뇌처럼 샘터에 흐르는 물
삼백 년 전설 위에 구절초로 피었을까
늦가을 초옥 옛터에 단풍잎만 서러워라

3부

바다의 존재 1

그대를 사랑하다 보니
어느새 하현달이 되었다
하현달이 되고 보니
호젓한 새벽바람의 사공이 되고
사공이 되다 보니, 노를 저어 가야 했다.
그가 바람이면 따라서 바람이 되고
그가 파도면 따라서 파도가 된다.
그가 바닷새면 따라서 바닷새가 되고
그가 소라고동이면 따라서 소라고동이 된다.
그가 갯바위면 따라서 갯바위가 되고
그가 해초면 따라서 해초가 된다.
그가 있어 내가 있고
내가 있어 그가 있는 것처럼
바다는 한 마리 고래를 품지만
고래는 바다의 세계를 다 알지 못한다.
가난한 것은 시지만 사랑한 것은 시인이다.
일 년을 하루같이 그물을 던진다고
황금빛 어장을 꿈꾸는 어부가 되랴

한 잎 떨어지는 하루의 등 뒤에서
바다에는 오늘도 한 마리 고래가
솟구치고 있다

바다의 존재 2

영혼의 지주(支柱)
아버지의 품속 같기도 한 바다
온통 소금기 묻은 비린내로
휘감긴 나의 바다
떠날 수 없는 나의 존재
내 가슴 바다 저편에는
땡볕에 그을린 반짝이는 이마와
그물을 던지는 시커먼 어부의 손,
바다를 휘감아 물비늘을 일으키는
해풍이 불고 있다
문학이라는 거대한 바다
모태인 마냥 나를 다독이며
늘 내 곁에 일렁이는 바다
거센 파도처럼 일어설 때도 있지만
멀리 빠져나가는 썰물의 뒷모습에
무척이나 고독할 때도 있다

그렇다 잉태한 시들은 산달도 없다
시시때때로 순산하다 보면
기형의 외모에 노래마다
허무의 이파리들뿐이다.
밤은 깊어서 북극성 가운데 눕고
바다의 눈빛은 금방 삼킬 듯
영감을 실어오다 사라진다.
난 출렁이는 작은 배
이슬처럼 증발하는 이 언어들을
마른 생선처럼 엮어, 걸어놓고
쳐다보고, 쳐다보고, 그러다, 그러다가
버려야 할 것을 정녕 버리지 못하고
시간만 버릴 때도 있다.

바다의 존재 3

내 아는 사람들 기도문에는
부처님, 예수님, 성모마리아가 있다
내가 간절히 구하는 기도문에는
시사랑 풀밭에서 옷을 적시는 일이다.

나의 주문은 시도 때도 없다.
언제나 구하는 기도문은
내 영혼의 세계 안에서
시의 풀꽃을 심고
시의 꽃을 피우는 일이다

허공을 가로지르는 뻐꾸기는
저만의 봄날을 노래하듯이
나만의 새벽기도에는
아름다운 꽃 안개 속에서
오색의 무지개를 그리는 것이다

비우면서도 채워지고
채우면서도 비워지는
내 삶의 본원(本願)에서
조금씩 깨달아 가듯
무형의 빈 강좌를
소중히 적고 있다

바다의 존재 4

허전하고 고적한 날은
낙엽 한 장 같은 날이다
낙엽 한 장 같은 날은
옅은 강물 위에 백로가 따로 없다
그러나 낙엽 한 장 같은 날은
그대를 품은 날이다.

백로는 또, 하나의 나를 찾아
자연 속의 하나의 작은 영혼이 된다.
한줄기 햇발에 기폭을 올리는 만선의 배처럼
짜디짠 바닷물에 발 적시우고
부서진 조개껍질 보석으로 빛나는 날
바스락, 반짝 …
갈색 톤의 밀알 같은 하루도 있다.

이슬

풀잎 속살에 살 비비며
알알이 맺힌 생의 숨소리

한 방울,

맑고 영롱한 촉촉한 체온도
얼마 안 가서

여명의 눈동자 안에
녹아들 것을 모른 채

스러지는
한 조각 새벽 별빛에
홀로 구르는 샛별 연주를 탄다.

구절초

비탈진 어느 한 곳
별빛 같은 소망으로 걸어와
은빛 머리 닮아가는 억새 언덕에
보랏빛 향기로 피어난 그대
그 긴― 그리움의 터널을 지나
척박하고 목마른 들녘에 앉아
고적한 미소의 사랑을 풀어놓고
가슴 저리도록 은하수를 만드는 그대

산 그림자 넓은 가슴팍으로
범종 소리 잠이 들면
우뚝 솟은 천자봉 암자에도
염불 소리 걸어놓건만
보랏빛 옷깃으로 지세는 한밤에는
야생화의 이름이 고적하구나.

숙명은 고독을 낳고
계절은 시간을 재촉하고
새벽 서리 발아래 흘러내리는
보랏빛 사랑을 흙에 묻는 그대

한 줌 햇살 건너간 바위틈새
겹겹이 풀어 놓은 갈색 나뭇잎같이
호젓이 바라보는 사슴의 여린 눈빛같이
구절초의 가을이 저물고 있다

할미꽃

따사로운 햇살 비껴간 봄날
언덕배기 무덤가에는
부는 바람에 휘청거리는
등 굽은 백발이 외롭다

보플 털옷에 고개를 떨군
등 위로 개미가 기어올라도
아무런 말이 없는 당신
바람이 볼을 때려도
그저 숙이고 또 숙이는 당신

한 서린 전설 붉은 속살에 숨긴 채
아무도 찾아오지 않는
아무도 불러주지 않는
침묵만이 덮인 이곳

행여, 장가간 아들이 오려나.
행여, 시집간 딸이 오려나.
산 아래 작은 길만 바라보는
등 굽어 지쳐 버린 이마 위엔
하얀 빗방울, 눈물 되어 흐른다.

배를 기다리는 사람들 1

지금
막, 한 켤레의 신발을 벗어놓은
설움도 모른 채 떠난 이가 있다
내일은 누가 또, 한 켤레의 신발을 벗고
이 대기실 문을 열고 불려갈 것인가
저무는 수많은 노을 노을들

지금도 그곳에는
제각기 삶의 노래를 달고
천상의 배를 기다리는 사람들
기쁨도 슬픔도 모르는 삶의 끝자락,

이 세상 누군들 천상의 배를 타지 않으랴
날이 날마다 똑같은 옷을 입고 똑같은 침대에서
희미한 눈으로 서로 바라보다 사라지는 저 별들이여

주인 없는 창가 빈 침대
말없이 누워있는 한 줌 햇살뿐
지난달 분명, 이곳 이 자리에 계셨는데…….
모두 떠나가고 있다,
모두 구름처럼 흘러가고 있다

배를 기다리는 사람들 2

어느 날
눅눅한 사탕을 내밀던 희어진 마디의 손
짧은 백발 움푹 팬 눈, 식어가는 혈관,
마지막 남은 피 한 방울이라도
일으켜 세우려고 애썼건만
메말라가는 나뭇잎이 강풍에 어이 견디리.

그 어떤 외로움도
그 어떤 보고픔도
참고 견딘다던 떨리던 목소리
꺼져가는 모닥불 앞에서
빈방을 휘감는 그 소리, 자식을 위해서…….

저문 서녘 하늘
너와 나의 별도 저물지 않는 법 있으랴
타인의 손길 작은 정이 배인 이곳
정녕 이곳 품 안이 집보다 편했을까
돌아올 수 없는 대기실 앞에서
오늘도 천상의 배를 기다리는 사람들

무상 1

너를 낙엽이라 부른다.
태초에 신은 흙으로 생을
싹트게 하지 않았던가.
너는 낙엽이기 전에
먼저 흙이었다.
흙의 피부로 숨 쉬고
흙의 피부로 밥 먹고
흙의 가슴으로 초록 잎이었다.
초록 잎은 산속에 산이 되면서
늘 무음의 존재이다
본래의 자리인지도 모른다.
산은 말이 없다

가질 것은 무엇이며
버릴 것은 무엇인가
이고 지고 온, 삶의 보따리 속에는
무엇하나 가지고 갈 것이 있던가?
너로 하여금 허무의 미풍이
아직 내 곁에서 맴돌고 있다
한 잎 낙엽!

옷은 따습게 입고 가는가.
살 속 깊이 날리는 11월의 저문 밤,
틈새의 바람에도 촛불은 흔들리는데
낙엽이 가는 길, 바람이 너무 차갑다

무상 2

어느 별에서 와서
어느 별까지 가는 걸까
우주 속의 소우주 같은 거
무형(無形)과 유형(有形)의 공간
그 벽을 넘나드는 회전 속에
끝이 없는, 길 아닌 길에서
우린, 어느 별을 향해
끝없이 항해하고 있단 말인가

분양받은 영혼의 육신으로
작은 별이라는 이야기도
억겁의 윤회의 강을 건너
환생한다는 이야기도
수많은 별들의 세계 속에서
목성, 금성, 지구, 화성,
신화처럼 흐르는 영원 속에서
닿을 수 없는 저곳의
검푸른 너의 별을 본다.

뜨거웠던 삶의 숨결소리

보석 같이 빛나던 두 눈,

태양을 바라보던 힘찬 다짐들,

그 설계도는 어디다 묻어두고

부치지 못한 편지처럼

어느 별에서 두절되었단 말인가

밤은 어둡고 길기만 한데

고요한 호수에 꽃잎처럼 떨어지는

먼– 목성의 별 하나

무상 3

바람은
가지 끝에 시리고

마음은
한마디 말끝에 시리고

사랑은
정(情) 끝에 시리다

떨어지는
잎새마다 달은 지고

호수에는 산 그림자 품은
그리움의 물안개

뜰 앞에 나뭇잎은
이미 가을 소리를 전하는데…….

산다는 것 1

하얀 계절의 뒷모습은
언제나 찬바람이 묻어있고
긴— 겨울
잉태한 망울들은
가지마다 실핏줄을 세우고
신생아의 녹색 울음을 터트린다.

가고, 오고
피고, 지고
봄은, 삼월 흰 눈으로
꼭 한번, 열 감기를 한다.

산다는 것
녹색 울음을 통하여
순리와 인내를 배우며
하루를 지고 걸어간다.

산다는 것 2

깊은 바람 스치고 보니
꽃잎인 줄 알았더라.
바래져가는 가는 것이
시드는 것인 줄도 알았더라.
눈멀고 귀먹었던 소설 같은 시절도
한참을 지나고 보니 이제사 알았더라.
태양을 쫓아가는 해바라기는
밤하늘별도 달도 있는 줄 몰랐더라.
속을 것 속아보고 잃을 것 다 잃은 후
이제사 알았더라.

이름 없어 피지 않는 꽃이 있던가.
이름 없어지지 않는 꽃이 있던가.
시간은 어김없이 실어오고 실어가더라
한동안 내 자신을 잊고 살 때는
봄, 여름, 가을, 겨울 가고 오는 줄 몰랐더라.

어쩌면 살아 숨 쉰다는 것
한 포기의 풀꽃 같은 거
부는 바람 껴안으며
내일이면 땅 아래 묻힐 것을
나 지금 묻노니 그 최선이었다는 거
바로 산다는 것이었어.

4부

시의 날개를 펼쳐라

시로 해가 뜨고
시로 해가 지는 것도 모자라
아예 시를 베고 잔다.
물을 먹는 하마보다 더한 갈증으로
읊어도, 읊어도 채워지지 않는 것이
시 낭송의 굴레이다

계절이 오갈 때마다
계절의 시를 안고 노래한다
눕히고, 앉히고, 분석하고,
펜을 들고 신음하는 모니터 앞에서
흰 가운의 주인공처럼 시를 해부한다.

시라는 문패마다 설움도 갖가지
삶의 노래도 갖가지다
어느 곳을 절개하고
어느 곳을 꿰맬 것인가
나목처럼 책 속에 누워있는
이 앙상한 영혼들에게
어떤 색깔의 생명을 불어넣고

어떤 색깔의 꽃으로 피어나게 하고
어떤 색깔의 날개로 저 창공을 날게 할 것인가

검은 눈동자처럼 바라보는
음표도 없는 이 묵언들을
하나의 꽃으로 피어나기까지
하나의 날개를 달 때까지
하나의 영혼으로 일어서기까지
시로 해가 뜨고 시로 해가 진다

호수

서산에 해지면
그림자도
묻히는 줄 알았건만

휘영청
달 아래
연못에 잠긴 왕 버들

언제 심었던가,

내 호수에도
왕 버들 나무 하나
자라고 있었네.

시의 꽃

세상이란 숲속에는
수많은 꽃들이 있습니다.
그중에서도 낭송의 꽃은
시인의 가슴과 가슴에서 피어난
애틋한 꽃들의 열매들입니다
망울져 오르는 꽃망울보다
화안이 웃어주는 동백의 열정보다
심층에서 피어나는 영혼의 꽃

솔잎 향기 감도는 언덕,
그 바람 온통 산소라 할지라도
다만 육신의 스치는 산소일 뿐
다만 피어서 아름다울 뿐
가슴과 가슴을 열어주는
그 꽃의 소리만 하겠습니까.

수채화 같은 한 사람

당신은 누구십니까
가끔, 이파리 무성한 나무로 서서
석산에 돌처럼 바라보다
연기처럼 사라지는 당신은 누구십니까

돌연, 안개로 피어나 시야를 흐리게 하는
당신은 누구십니까

은하수를 만드는가 하면 조각달도 띄웁니다.
구름을 풀어 놓는가 하면 비도 내리게 합니다.
가끔은 부드러운 풀잎 위에
이슬방울처럼 아슬하기도 하는
당신은 누구십니까

이글거리는 광선이 다하는 시간
석양이란 이름으로 바다 저 끝에
붉게 피어나는 수채화 속 놀 같은
당신은 누구십니까

어제도 오늘도 이파리 무성한 나무로 서서
석산에 돌처럼 바라보다
연기처럼 사라지는 당신은
당신은 누구십니까

낙엽의 소리

제각기 색깔을 내세우는 세상에서
도심 속 외치는 물결 속에서
그대 어쩌다, 어쩌다가 낙엽 아닌
철창 속 갇혀버린 새가 되었단 말인가
바람이 오가는 길목에서 수북한 낙엽들
시위라도 하듯 여기저기 겹쳐 누워있다
그들은 붉디붉게 단 풍물이 들어있다

노을 속의 섬 저도, 비치로드 둘레길
연륙교 밑으로 콰이강이 눈부시다
한 조각 신문 속에 버려진 이유와
흙 묻은 눈, 외침의 소리, 스산한 늦가을
푸른 강물만이 묵묵히 품고 흐른다.

칡넝쿨 어우러진 언덕배기 풀숲엔
억새는 억새대로 분분한 갈색 길에서
쑥부쟁이 보랏빛 미소가 쓸쓸히 안기는 날
그렇다, 가을엔 낙엽이 대세다
계절은 또 하나의 계절을 낳고, 물들이며
시대는 시대를 낳고 생을 떠밀며 지나간다.

한 잎의 허무함, 스쳐 가는 사람아!
그대 바람의 음반으로 목쉰 노래는
얼마나 불렀으면 골마다 서걱이는
한숨으로 일어설까
차라리, 새처럼 훨훨 날아서 가려무나.
차라리 구름처럼, 두둥실 흘러가려무나.

허공을 바라보며 슬피 우는 사람아
형언키 어려운 저 별들의 세계 속에서
부서지고, 밟히고, 쉼 없이 소리친들
그저 스쳐 가는 바람일 뿐,
아− 서녘 하늘 색칠하는 노을의 물감으로
누군들, 낙엽 아니라고 할 수 있겠는가?

만월(滿月)

천지를 밝히는 당신은
모시 저고리 옷소매 걷으시고
사뿐사뿐 청마루 걸으시는
울 어머니 버선발로 오십니다.
천지를 밝히는 당신은
매미 소리 저문 베틀에 앉아
누런 거친 올 삼베를 짜던
굵은 마디의 손길로 오십니다.

고요는 비단 치마 어둠을 휘덮고
가볍게 떠오르는 당신의 발길은
옛 초가지붕 별빛을 뿌리는 저녁
호박넝쿨 언덕 돌담장을 넘어가고
눅눅한 장맛비, 흔들리던 이파리들
굵은 빗방울에 찢겨 쓰러지고
바람이 뜯어간 살점 없는 손으로
돌 틈을 타고 오르기까지 긴 아픔, 어이하셨나요.

저 작은 풋호박이 누렇게 익어가는 것처럼

이제야 둥근 당신을 닮아가고

산허리 고즈넉한 당신의 모습에서

나 또한 달이 되어 흘러가는 나그네임을

수없이 오고 간 계절 앞에

저 작은 풀잎 하나의 소중함을

내 뛰는 맥박 안에 담아놓고

간절히 돋아나는 날에

나의 가을도 당신 만월로 채우고 싶소.

개구리 소리 합창하는 논길에선

삽을 든 농부가 가을을 기약하듯이.

어느 노인의 아침

새벽 고요 속으로 수정 같은 이슬 신고
아침을 팔러 가는 등 굽은 은빛 머리
늦봄이 아침 안개에 살포시 고개 든다

누군가 내다 버린 녹슨 유모차에
한숨과 설움들은 채소와 담아놓고
잔주름 무거운 삶을 길가에 풀어 놓는다

동트는 골목에선 발길들 걸어가고
이천 어치 오천 어치 간간이 물어본다
소쿠리 남은 몸들을 흔들어서 깨운다.

일어나 부풀어라, 생기를 잃지 마라
분무기 샤워하는 떨이의 산나물들
희어진 분재의 손끝 흙 눈물이 떨어진다.

시인과 농부

나 그대 있음에
오르막길에서도 내리막길에서도
아침 햇살만큼 눈부신 하루를 연다.

쑥 내음 그윽한 밭두렁에 앉아
꽃망울마다 노래를 달고
보리수 열매 익어가는 언덕
지저귀는 산새처럼
늘 봄을 추구하는 시인과 농부

흙 묻은 맨발에도
유머 한 사발로 미소를 담고
차 한 잔에도
연잎 같은 꿈을 키우며

나— 그대 있음에
흙 내음 그윽한 고향이 있어
고개를 숙이며 벼처럼 익어가고 싶다

솔잎의 노래

언제나 제자리에 서서
사시사철 변함없이 푸르다 보니
그냥 푸른 줄로만…
아무도 모릅니다.

나이테에는
수없는 계절도 누워있습니다.
빛과 천둥과 거센 비바람에
아픈 기억도 있습니다.
솔잎인 줄 알면서도
바람은 늘 때리고만 갑니다.

달빛은 밤을 불러
찬란한 야경과 영롱함을 나누며
아름다운 세계를 색칠한다는 것을…
아무도 깊은 속을 모릅니다.

울어서 지친 풀벌레는 바위틈을 빌려서
편한 새벽을 맞이할지 모르지만
한 마리 백학은 솔잎 위에서도
고고한 자태를 잃지 않는다는 것을
아무도 깊은 속을 모릅니다.

무궁화 1

묵향에 피는 꽃 화폭 속의 무궁화
이 애틋한 씨앗들 이 사랑의 꽃잎들
지친 붓끝에서는 검은 혈전으로 앓고 있다.
점점 건조해지는 채색들
안쓰러운 붓끝에는 새벽달이 걸렸다

너는 국토에 혼불로 피어나
바람 이는 세계(世界)의 내안(內岸)에서
눈부시게 천지를 밝히고 있구나.
백단심계, 홍단심계, 청단심계, 나는
삼색의 꽃잎 아래 붓끝에서 경건해진다
오천년 역사의 발자취 따라
긴 여름, 뜨거운 햇볕 아래로 가서
저— 칠천만 겨레의 동해를 이어
남도까지 순백색의 흰 꽃으로 그려 볼까
차라리 붉은 무늬의 홍 꽃잎으로 그려 볼까
백일을 안고 도는 계절 앞에
너의 충절이 푸르게 흐르고 있구나.

전생에 너와 나는
무슨 인연이길래 너를 안고 내 있는지
무궁화! 겨레의 꽃이여!
보듬고 싶고, 안기고 싶은 꽃이여!
삼천리, 금수강산 화안이 웃는 꽃으로 서서
천지 어디에서도 숭고한 이름이여
예의지국, 동방의 나라 국화여
파르르 다문 입술 별빛 아래 지우고
아침이면, 힘차게 피어나는 꽃이여!
억만 송이, 억만 송이 피어나는 꽃이여!
수없이 그렸다가 찢어버린 흔적 위로
너의, 신화의 새벽을 건너간다.

무궁화 2

묵향으로 지새운 밤
화폭의 꽃잎이 떨어지고 있다.
불 꺼진 창에도 불 켜진 창에도
인간(人間)의 서러운 꿈은 어리고
창가에 휘 닿는 여명에 밀려
작은 별 하나, 말없이
또 하루를 지고 갈 채비를 한다.

무궁화 화안이 웃어주는 한낮에는
꿀벌들의 밀어가 익어가고
눅눅히 파고드는 유월의 장맛비는
가고 오는 기로에서 계절을 알린다.

문인화의 밤,
수북이 버려진 송지 위로
젖어있는, 피다 만 꽃잎들 그 물감 위로
완성되지 않은 기형의 혼이 서리고 있는데…
창가에 스미는 무더운 바람만이
화폭에 떨어진 물감 위로
먹 향을 품어 안고 휘돈다.

On a hill of Wind(바람의 언덕에서)

All living thing is a wind

Loving life is strolling into the wind

As the ivy crawling on the wall,

and the gesture of trembling reed

As a feature of wet fluffing wings in the stormy rain

Sometimes bending back of pine nut tree cut down

by typhoon

Sometimes as crying baby on the wreck after Tsunami

Every steps in harsh breathing in the stumble wind

Once, you know mother language had come back

from the windy sweep

It is a wind swept way not only wild grass

but also the Great King 'Qing shi Huang'

Singing bird in the deep ravine and

living things eat sea wind at the narrow rock

Comes and sway on the wave of Karma like a tiding

leaf

We are all cloud and clouds gone with cool wind

As a cloud and clouds touch this and that way
As a wind and winds touch this and that way

Look at the rock under the cliff frightened in white
face
Even splashed the beautiful and gentle stones
but eager to scatters white bubble every ways
The wave upon me like an anger dragon struggled
All comes from the wind of this world
All we are just a windmill of the windy hill

Life(삶)

A small rear car loading waste paper
laboriously strolls on the hillside road
The cart never move and lost its way
even in front of horning bang! bang, bang! urging
He lost upper physical body with so bending back
Only showing legs and dull steps
Leaning onto the sparse of waste paper in white hairs
His upper body moves on the rear car
loading polluted air and noise of the urban

A light of crescent moon on the corner of a building
The moon in silence goes sitting on the waste paper
A lonely leaf, a night like a fallen leaf
scrubbing his back
Hungry night in solitude of white puffs breath
White hair step looks so heavy iron chain

A remote bell sound of a cathedral scars heart
but is a hard breath for living on the dark cold road
Will be a battle of silent living

Would be the twilight of his last vegetable garden

Oh! Being of life···

Shows all our back on your bending back

River of Mother(어머니의 강)

Mother!

When a cold winter wind knocks my window

sometimes it remind me of you

Memory of encounter you last night in dream

weeping through the night and awaked

but was a deep sorrow of no reason

How grieve of the night!

Still, the grieve not swept way

Whenever I hear the elder's movement,

and remind the cold winter of weeping weather strips

A blue starlight steals in the cold door frame,

the poor old paper sings the grieve of life

Under the golden grass roof in strings

So cold night even wood fire

Mother stuffed light skirt to the door threshold

The faded color of the skirt

weep again in my eyes

Mother!

Every cold night like today

you come to me in heartache to call

Distant memory of fireflies

Long long deep winter night through the needlework

Baby, come on help me for needle thread

Thou under the fading candle light of you

Why make me so cry!

Often, "Life is vain, my hand is my daughter"

you uttered but couldn't understand at that time

Reflecting the life in deep waves of soul

timely pushed me like the surf sound with no ear

The river of casual heart digged into the flesh

Pushed by the casual time and heart,

the girl too stand on the hill of you

as come on help me for needle thread

Turning around the corner of the casual years

and saying I understand the meaning now,

it was vacant time digged into the flesh already

Mother, Thou know already at that time.

5부

흑백다방

세월이 흘러도
흩어질 수 없는 마음처럼
그 시절 그 노래가 있다
스마트한 시대 급물살에 휩쓸리는
빠른 걸음걸음들 상관없이
도심 속의 한 모퉁이 흑백다방
육십 년대 이름 그대로
들녘의 핀 들국화처럼 향수를 안고
그 시절 유일한 가슴으로 남아
애틋한 눈으로 바라보게 한다.

검고 작은 글의 간판은
한 번도 화장하지 않은 얼굴로
노파의 등같이 구부정한
낡은 입구 대문 위에서
늘 비에 젖고 바람을 맞는다.

수많은 비밀 간직한 채
먹먹해서 오히려 좋은 흑백다방
세월도 간혹 머물다가는
이 시대 문인들의 구름 같은 공간

사월이 오면
벚나무 가지 망울져 올라
그 앞에 두 개의 맷돌이 더욱 운치 있을
진해 중원 로터리 흑백다방

그대 빈자리가 그랬듯이

태풍 '차바'가 스쳐 간 자리
그대 빈자리가 그랬다.

언제 그랬느냐는 듯
저– 청옥빛 하고도, 청명한 하늘 말이다
떠난 자의 몫은 무엇이며
남은 자의 몫은 무엇인가?
하늘은 말이 없다.

부러진 솔잎 가지
그 속살에 아파 우는 할퀸 잔해 위에
나뒹구는 이파리의 넋은 땅에 묻혔을까

날지도 못하는 깃털을 달고
퍼덕이다 세월에 묻혔을까

물기둥같이 솟아오르는 장대비 속에서
간간이 휘몰아 때리는 굉음의 바람 속에서
남은 자의 몫에도 세월이 묻혔을까
그대 빈자리가 그랬듯이

쑥부쟁이

한 포기 야생화로 피어나
울 엄매 삼베 적삼에서 나는
풀 내음 같은 꽃이여!
삶이 무거워 언덕배기 풀 섶
외진 곳에 피었는가.

부엉이 울어대는 고향 산기슭
저물지 못한 꽃으로 서서
그리워 흔들리는 하얀 등불은
울 엄매 버선발로 반기는 꽃이여

얼마 안 가서
비탈진 곳, 된서리가 내리고
북풍한설 밀려오면
묵묵한 바위틈, 한 계절 누웠다가
내년 가을 저- 언덕에서
기다리고 계실 울 엄매 꽃등이여!

노인 그리고 바다

작은 포구, 창가에 들어오는 이곳 바다는
늘 온유한 성품처럼 잔잔하다
하얀 돛단배 언덕의 찻집
굽어 뻗은 철길은 녹슨 눈으로 누운 채
소금기 뿌리는 해안을 보듬고 있을 뿐,
기적 소리도 없는 이 철길에는
찰싹이는 숨결만이 적막을 채운다.

사랑하여 고독을 낳은 사람
첩첩이 내려앉는 계절의 서러움을 안다
차 한 잔에도 출렁이는 그리움을 앓아본 사람은
저 썰물의 흐느낌을 들을 줄 안다
해풍처럼 스쳐 가는 찻집에서
서러운 구름을 만나 비가 되고
붉은 꽃잎 하나 서녘 하늘가 저물 때
태양이라는 이름도 함께 저문다는 것을
그대와 나의 일몰이 아니고 무엇이랴

울지 마소서 저 철길에 앉아 우는 이여

누군들 저 창가에 놀 같은 꽃잎으로 아니 지리 있으랴

떠난 이의 마음도 보낸 이의 마음도

내일 날에 한 잎의 낙엽으로 묻힐 것을

땅 아래 고독을 누가 알랴

기다리던 사람도 저물고 나면

저 창가에 지는 꽃잎도 없어지리니

기차는 오지 않아도 기다리는 사람

노인, 그리고 바다

섬진강가에서 띄우는 배

하늘과 땅 바람 앞에
이 마음 환히 늘어놓고
한 자락 휘도는 바람 어귀에
청옥빛 저 하늘을 나는 새들이여

나는 묻노라
묵언의 저 강물처럼 우리들의 해후
얼마나 기다렸든가
얼마나 갈망했든가
이제 입을 열고 이제 귀를 열고
금빛 물비늘 치는 저 물살처럼
내 호숫가에 일렁이는
목마른 바람들이여

천불산 천불탑 두 손 모았던 여느 날처럼
꽃눈 내리는 매화 언덕에 간절한 사랑 묶어놓고
굽이굽이 기운 한세월 빛바래져 가는 노을빛에
그 마음 어찌 잊을 리야.

여울목 같은 삶의 물길을 돌아 샛강의 갈림길

허나, 다시 하류에서 만나 큰 강물로 흘러야 할 우리

그 먼 길 돌아온 저 끝에 아늑히 흐르는 온유한 강물

이여

어머니 품속 같은 고향의 하늘이여

다시 만나는 강 모래밭에 흘러야 할 너의 심장처럼

너의 푸른 숨결 위에 갈맷빛 사랑의 배를 띄운다.

동인(同人)

어느 섬을 향하여 종종 여객선을 타고
가방엔 비슷한 메모지를 담고 동행하는
우린, 아주 특별한 삶의 여행객인지도 모른다.
스마트한 세상에
스마트한 대열에
아직도 우린 아날로그 방식
경화장터보다 더 시끌벅적한 합계 바닷가
설움에 겹도록 취하는 벗님의 넋두리도
철썩이는 파도에 씻겨만 가고
바람결 얼굴 부딪히는 풀잎같이
비치파라솔을 이고 앉은 얼굴 얼굴들
해초처럼 너울거린다.

시의 농사꾼만 모인 자리
잔은 정을 돌리며 걸어 다니고
밤은 짧아만 간다.
못대에는 비릿하고 구수한 연기가
달빛 아래 몸부림치는데
한 편의 시와 한 가락 노래
깊어 가는 줄도 모른다.

풍류의 젖은 아름다운 동인의 밤
병마개처럼 쉽게 버렸던 시어들
그 설익은 시어들을 다시 쓸어안고
먼 목성의 별을 찾아 떠나는
우린, 꿈의 길손들

이월이 오면

이월이 오면 그곳에 가고 싶다
동백이 화안이 웃어주던 당산나무 아래
그 돌담장은 아직도 그대로 있는지
음력 이월이면 별신굿도 하는지
이월이 오면 동백꽃처럼
붉게 피어나는 친구야.

다들 무엇을 하며, 어디에서
나처럼 익어가고 있는지
추억 묻은 얼굴이 그리워질 때면
항상 이월이더라.

모래밭에 누운 소라껍질처럼
귓가에 밀려드는 철썩이는 파도 소리
그토록 환했던 달밤, 흰 물거품,
해초를 줍던 작은 손, 해맑은 웃음소리
내 가슴 푸르디푸른 물결 위에
소금 내음 물씬한 해풍을 마시며
그 섬으로 가고 있다.

친구야!
마구간 송아지 어설피 일어나듯
그 많은 시간, 흘려보낸 지금
그 많은 삶의 숙제를 치른 다음
옛날에, 옛날에 그곳에 가고 싶다

동행

꽃이, 꽃의 아름다움을 서로 나누듯
햇살을 따라 피고 지는 사랑 초 같이
기대며 엉키어서 삶의 꽃을 피우는 것은
아름다운 동행이라는 것을 이제야 알았습니다.

해 뜨는 아침을 품고도
무겁게 젖어버린 날개처럼
한 줌 바람 앞에 떨어지는
꽃잎이라는 것도 이제야 알았습니다.

거북이처럼 느릴 때도 있었지만
노루처럼 초야를 뛸 때도 있었습니다.
아니 황막한 광야를 백마처럼
달릴 때도 있었습니다.

각종 짐승들, 날카로운 발톱에도
적막을 타는 풀벌레 슬픈 악기에도
차갑게 내리는 별들의 시선에도
한 포기의 들풀, 소중함을 노래하듯

우리는 누구입니까?

푸른 초원, 오색의 무지개 저 하늘에 물들이며
삶의 철로를 따라 함께 걸어온 긴 여정,
우린, 생의 길벗입니다

초승달

저 문산 저 하늘가
새색시 꽃신 하나
밤의 침묵 안고
교교히 가고 있네.

젖은 눈동자
말없이
그저 바라만 보는
저 별아!

바람은
가지 끝에 시리고
물든 나뭇잎은
내 안 정원에서 쌓이는데

새벽 별
창가에 놀다 갈 때면
또 한밤
잎새 되어 떨어지누나.

서평

바람의 언덕에서

시인 한석산(韓石山)

신승희 시인은 풍부한 문학적 감수성으로 사물을 바라보고 음악적인 시어로 이를 옮겨내는 데에 탁월한 재주를 보여 왔다. 전작에서도 선보인 푸르게 빛나는 시적 상상력에서 더 나아가 이번 시집 『바람의 언덕에서』는 더욱 원숙해진 시 세계를 엿볼 수 있었다. 그것은 마치 커다랗고 장엄한 자연의 풍경을 마주했을 때의 엄숙함이다.

이번 시선 『바람의 언덕에서』는 신작시를 포함하여 64편의 시가 수록되어 있다. 마치 주역의 64괘처럼, 이 64편의 시들은 그 하나하나가 모두 완결되어 있지만 서로 유기적으로 시집을 채우고 또 빛나 시인의 시 세계를 보여주는 듯하다. 그 첫 풍경으로서 시집의 제목이자 첫머리의 시, 「바람의 언덕에서」를 보자.

살아가는 것은 다 바람이다
생을 사랑한다는 것은 바람 속을 걷는 일이다
(중략)

한때, 모국어도 바람에 쓸려갔다 되돌아오지 않았든가
민초에서, 천하의 진시황도 떠난 것은 바람이다
심산유곡 산새로 지저귀는 것도, 바위 틈새 해풍을 먹
고 사는 것도
한 잎 출렁이는 이파리같이 인연의 물결 따라 밀려왔다
밀려간다.
우리 모두 냉정한 바람에 실려 가는 구름 구름들이다

이래 스치고 저래 스치는 구름 구름들
이래 스치고 저래 스치는 바람, 바람들
(중략)

우리 모두 바람 앞에 돌아가는 언덕에 풍차일 뿐이다

〈바람의 언덕에서 中〉

첫 시이자 이번 시집의 큰 주제를 내포하고 있는 작품이기도 하다. 아무리 우리가 속세의 가진 것과 배운 것을 뽐내 보아도, 결국 우리는 모두 광활한 우주 안에서 극히 미미한 존재들이다. '우리 모두 바람 앞에 돌아가는 언덕에 풍차'일 뿐이라는 말에 고개를 끄덕이며 한없이 겸손해지고 만다. '인연의 물결 따라 밀려왔다 밀려' 도달한 바람의 언덕에서는 우리 모두 '냉정한 바람에 실려 가는 구름 구름들'일 뿐인 것이다.

바람의 언덕에서 일어나는 이러한 내려놓기, 겸양의 과정은 일종의 제의나 정화의식처럼 독자의 주의를 환기하고 시 세계로 끌어당기는 역할을 하고 있다. 이러한 겸양의 의식은 바람의 언덕이라는 추상적인 제의의 공간을 넘어 현실에서도 이루어지게 된다. 다음 시「삶」을 살펴보자.

차고 어두운 도로 위에서 살기 위한 가쁜 숨소리
어쩜, 소리 없는 삶의 전투 현장일지도
황혼녘, 그의 마지막 텃밭일지도
아ー 살아있으매…
당신의 굽은 등에서 모두의 등을 본다.

〈삶 中〉

병약해 보이는 노인이 폐지가 잔뜩 든 리어카를 끌고
올라가고 있다. 짐이 잔뜩 든 커다란 리어카가 노인을
더욱 왜소하게 보이도록 만든다. 하지만 시인의 시선은
자칫 값싼 동정으로 그치지 않고 '소리 없는 삶의 전투
현장'에서 '살아있는' 모습에 주목한다. 결국 노인의 굽
은 등은 모두의 등이며 살기 위한 분투는 누구에게나
공평하다. 그것이 바로 삶인 것이다.

추상적 차원을 넘어 현실세계에서 구체화된 겸양과
내려놓음의 의식을 거친 후의 시적 자아가 바라보는 자
연은 아집과 망집에서 벗어나 더욱 눈부시게 빛난다.

아집과 망집에서 벗어난 자아는 지극히 자유롭기 때문이다. 「삼포로 가는 길」에서는 그 자유로움에 대해 노래한다.

작은 포구 홀로이 안기는 바닷새의 자유
해풍으로 스케치하는 영혼 속에 자유
아름다운 작품들을 색칠하는 아침의 자유
오라는 사람 없어도 나는, 이미 이곳에 와있다

밀물 누웠다간 자리 그 모랫길
이름 모를 풀꽃마저 영혼이 자유로운 아침
피어있다는 것 살아 숨 쉰다는 것
걷고 있다는 것, 피어 있다는 것
삼포로 가는 길–

〈삼포로 가는 길 中〉

비록 자신은 자유를 얻었다 하더라도, 자연에서 느껴지는 민족의 한을 그저 외면할 수만은 없다. 같은 민족이자 나의 뿌리이기 때문이다. 나의 삶도 너의 삶도 모두 삶이기 때문이다. 이러한 상호주관적인 인식(Intersubjectivity)을 바탕으로 시인은 '곰메바위'에 올라 그 설움에 함께 흐느껴 준다.

태어난 자리에서 우리는 누구인가
우뚝 솟은 시루봉이 소리치고 있다
아리랑, 아리랑 아라리요
밤하늘 곰메가 부르고 있다
조선이라는 태를 두르고 순종의 무병장수
명성황후 백일기도, 한 맺힌 역사가 전설 속에
흐느끼고 있다

곰메여
한마디 말도 없는 곰메여…

단 한 번, 흰 바람이라도 붙잡고
곰메의 가슴을, 풀어놓고 싶지 않은가

〈곰메바위 아리랑! 中〉

　　그러나 시인은 한 맺힌 역사에 연연하기보다 '곰메의
가슴을, 풀어놓고 싶지 않은가' 가냘픈 여인의 몸으로
서 일본 장수와 함께 절벽에서 뛰어든 논개의 기개를
들여다보기 시작한다. 죽음의 위협에도 굴하지 않고 의
를 행하는 당찬 용기와 기개. 삶에 연연하지 않았기에
역설적으로 죽음으로서 영생을 얻은 '죽어서 태어난 이
름', '죽어서 살아있는 논개' 이다.

낙화한 숨결, 한 폭의 치맛자락
그대 숭고한 넋이여
그대 붉은 눈물이여
죽어서 태어난 이름이여
죽어서 살아있는 논개여

아, 서럽도록 노래하는 바람이여
이 세월 억만년 두고 흐른다 해도
그 한 맺힌 설움, 어찌 잊힐 리야.

〈논개 中〉

　하지만 '그 한 맺힌 설움, 어찌 잊힐 리야.' 그 한과 설
움은 「묵향에 피는 꽃 무궁화」에서 터져 나온다. 도입부
의 '검은 혈전으로 앓고 있'는 '지친 붓끝'은 도리어 반
의적 표현인 듯, 커다란 붓으로 힘 있게 찍은 방점같이,
끝없이 응축됨을 지속한 끝에 곧 터져나가기 직전의 폭
발적인 힘을 예고하는 듯하다.

너는 국토에 혼불로 피어나

바람 이는 세계(世界)의 내안(內岸)에서

눈부시게 천지를 밝히고 있구나.

백단심계, 홍단심계, 청단심계, 나는

삼색의 꽃잎 아래 붓끝에서 경건해진다

오천년 역사의 발자취 따라

긴 여름 뜨거운 햇볕, 아래로 가서

저– 칠천만 겨레의 동해를 이어

남도까지 순백색의 흰 꽃으로 그려 볼까

차라리 붉은 무늬의 홍 꽃잎으로 그려 볼까

백일을 안고 도는 계절 앞에

너의 충절이 푸르게 흐르고 있구나.

(중략)

아침이면 힘차게 피어나는 꽃이여!

억만송이, 억만송이 피어나는 꽃이여!

수없이 그렸다가 찢어버린 흔적 위로

너의, 신화의 새벽을 건너간다.

〈묵향에 피는 꽃 무궁화 中〉

커다란 붓에 먹을 찍어 일필휘지로 휘두르는 선사의 붓처럼, 시인의 시적 고뇌가 웅장한 외침처럼 쏟아져 나와 절정을 이룬다. 폭죽처럼 터져 나오는 색채의 향연이 드넓은 대지와 바다로 퍼져 장엄한 울림으로 마무리된다.

그렇다고 이번 시집이 엄숙하고 웅장한 모습만을 조망하고 있는 것은 아니다. 자칫 무겁게 침잠할까 우려될 즈음 아삭한 풋고추를 한입 베어 문 듯한 경쾌하고 산뜻한 시어로 반전을 노린다.

이슬로 버무린 아침상 앞에서도
시의 날개에 음표를 붙이는 것은
낭송가의 몫이다.

풋보리 같은 이삭들을
무치고 버무리고 맛을 내다보면
시간은 나를 지고 저만큼 가 있다

〈詩의 풀밭에서 2 中〉

신승희 시인은 동시에 훌륭한 시 낭송 가이기도 하다. 시 낭송가로서의 경험이 신승희 시인의 시 세계를 더욱 다채로운 색으로 밝혀주고 있음은 분명하다. 시적인 언어는 활자화된 그 자체로도 아름답지만 한 음 한음 읊었을 때 시의 아름다움이 공감각으로 배가된다는 것을 이미 잘 알고 있을 터. '이슬로 버무린 아침', '시의 날개에 음표를 붙이는', '풋보리 같은 이삭을 무치고 버무리고' 라는 구절을 소리 내어 읊어 보면 복잡하고 난해한 기교나 메타포 없이도 신선하고 청량한 초여름 정취가 눈앞에 생생하게 펼쳐지는 감상이 전달된다.

　하지만 이러한 맛깔나고 경쾌한 정서에도 불구하고 가만히 시를 곱씹다 보면, '무치고 버무리고 맛을 내다 보면 저만큼 가 있는 시간'이라는 구절에서 시인이자 낭송가로서의 창작의 고뇌가 느껴져 마치 매콤한 뒷맛에 허를 찔린 듯, 혹은 동병상련의 정인 듯 웃음과 함께 고개를 주억거리게 된다.

지난가을, 한 잎 두 잎 떨어지는 것이
낙엽 아닌 시간이라는 걸 알면서도
얼어붙은 빙하 붉은 입술의 동백을
나 인양 홀로 이 바라봅니다.
그대 하얀 옷깃이 넓어
나목의 맨살을 에워싸며
언제까지 소복이 핀 순백의
설화(雪 花)로 세상을 온통 하얗게
하시렵니까.

〈설화(雪花) 中〉

　　또한 신승희 시인은 문인화가로서의 현대미술작가이
기도 하다 하여 그의 재능이 무색하지 않게, 자연을 문
학적 감수성만이 아닌 회화적인 감수성으로도 조망하
는 신승희 시인의 특기는 여전히 유효하다. 마치 한 폭
의 산수화를 그리듯, 색채 어를 다양하게 활용하면서
도 색의 가짓수는 절제하여 전반적으로 백색의 기운을

감돌게 한 뒤, '붉은 입술'의 '동백'이라는 붉은색의 대비
를 방점으로 찍어 색채의 대조효과를 통해 설화(雪花)
의 더욱 극적인 시적 경치가 도드라진다.

삶과 사물에 대한 애정 어린 시선과 깊은 성찰을 바
탕으로 다양한 예술적인 감수성을 활용한 시적 기교 또
한 놓치지 않는 신승희 시인의 신작 시집을 읽으면서 더
욱 성숙해져가는 시인의 시 세계가 어디까지 깊어질지
궁금해진다. 신승희 시인의 건필을 기원하는 바이다.

바람의 언덕에서

초판 1쇄	2019년 09월 06일
지은이	신승희
삽화	신승희
발행인	김재홍
편집	이근택
교정·교열	김진섭
마케팅	이연실
발행처	도서출판 지식공감
브랜드	문학공감
등록번호	제396-2012-000018호
주소	경기도 고양시 일산동구 견달산로225번길 112
전화	02-3141-2700
팩스	02-322-3089
홈페이지	www.bookdaum.com
가격	12,000원
ISBN	979-11-5622-467-9 03810

CIP제어번호   CIP2019031699
이 도서의 국립중앙도서관 출판예정도서목록(CIP)은 서지정보유통지원시스템 홈페이지(http://seoji.nl.go.kr)와 국가자료공동목록시스템(http://www.nl.go.kr/kolisnet)에서 이용하실 수 있습니다.

문학공감은 도서출판 지식공감의 인문교양 단행본 브랜드입니다.